KB122165

전민현 첫 시집

사랑합니다
당신을

그을

바다같이 사랑하고 싶습니다

그리움 하나 가슴에 심고 싶어서
흙과 바람과 꽃과 삶을 그려봅니다.
하늘에 떠가는 뭉게구름 바라보고,
바람의 고향 그려보고, 바람이 낙엽 손 흔들 때 나는
머-언 하늘 멍하니 바라보고 바람에 물었습니다.

너의 고향은 어디냐고?
가슴이 답답하고 삶이 떡이 될 때, 흙에게 물었습니다.
나의 고향은 어디냐고?
도롯가에 피어나는 작은 풀꽃 보고 예쁘다고
속삭이고 싶을 때 너의 고향은 어디냐고?
그렇다 겨울이 눈앞에 왔습니다.

그리움 따라 여행 떠나는 정류장에서
나는 하늘과 별을 보고 하늘과 달을 보고
또 태양이 떠오를 때 눈 비비고 일어나
흙과 바람과 꽃이 여행에 동행하는 친구입니다.

외롭고 그리울 때는 사랑하는 사람들의 얼굴도
그려보고 전하고 싶었던 단어들을 나열하면서
글을 써보고 또 부끄러워 지워버리고
그런 시간의 조각들 북극의 빙산 되어
깊은 바다의 유빙으로 흘러만 갑니다.

어느 날 다 녹아 바다가 되면
우리 모두다 하나가 되겠지요!

사랑으로 키워 주세요.

삶은 항상 외롭고 슬프고 고달픈 것 같은
그리움이기에 종이 위에
글이라는 그림으로 그려 봅니다.
감사합니다.

2021년 9월 대보름날
음성동요학교에서 – 전민현

차례

묶음 둘 · 나를 사랑한 사람

묶음 다섯 · 첫눈이 내리는 날

묶 음 - 하 나

고 독 이
흐 르 는   밤 에

전민현 - 사랑합니다 당신을

전민 사랑 당신을

고향 생각

현제명

해는 져서 어두운데 찾아오는 사람 없어
밝은 달만 쳐다보니 외롭기 한이었다.
내 동무 어디 두고 이 홀로 앉아서
이 일 저 일을 생각하니 눈물만 흐른다.

고향 하늘 쳐다보니 별 떨기만 반짝거려
마음 없는 별을 보고 말 전해 무엇하랴?
저 달도 서쪽 산을 다 넘어가건만
단잠 못 이뤄 애를 쓰니 이 밤을 어이 해

현제명(玄濟明, 1902년 12월 8일 ~ 1960년 10월 16일)은
일제 강점기와 대한민국의 피아노 연주가, 바이올린 연주가,
테너 성악가, 가곡 작사가, 가곡 작곡가, 편곡가이다

가을 고향

추수한 들녘 기러기 날고
들국화 향기 추수할 때
메뚜기 잡고 뛰어놀던 곳

장독대에 귀뚜라미 울고
오글오글 모여서
등불 켜고 저녁 먹던 곳

고향은 그리움 안고
달려가고 싶은 곳

불 꺼진 재처럼 가슴속 깊이
따뜻한 온기가 남아 있는 곳.

가시나무 새

오늘 하늘이 푸르다
멀리 깊이 볼 수 있다
날아가는 구름 사이로
한 마리 가시나무 새
하늘 날아 푸른 바다 건너
외갓집도 가고 고모 집도 갑니다
항상 볼 수 있는 탱자나무 울타리
푸른 잎 사이로
넘어갈 수 없는 담장
누가 보았는가! 저 장독대를
감 익듯 익어가는 장맛
할머니는 알고 있다
인고의 세월을
그래, 어렵고 힘든 세월
허리 굽도록 살아 보았다
푸르게 푸르게 곱게 곱게
나도 젊은 날에
푸르름이 있었다
가시나무 새 가시나무 새

이제 그렇게 부르던 노래
아!
탱자나무 담장에
가시나무
가
시
나
무
새.

가을 그림자

혜성처럼 밀려든 창변窓邊이 푸른 꿈을 깨우면
먼- 태고의 변태는 산정을 뒤엎고
휘몰아치는 폭풍우 속에 휘말려
낙엽은
하나
둘
대지 위에 세례받나 봅니다

가슴 속에는 무거운 삶이 여러 장 겹쳐 쌓이고
부풀어 터진 손등은 황혼과 황폐를 쓸고
별빛은 집시를 잠재우나 봅니다

또
여름의 성좌를 세며 따라온 창가에는
밤의 밀어들이 속삭입니다

그리고
그곳에 엎드려 가을을 낚시하고
싱그러운 하늘가의 언저리에
어머님의 환상이 도사려 있습니다

일요일의 종소리는
산촌의 메아리처럼 울려 퍼지고
메마른 가슴이 짐스러워질 때
사랑스러운
당신의 미소가
항상 내 곁을 떠나지 않습니다.

가을 서시

싸
리
울
타
리
에
잠자리 쉬어갈 때
구름은 호수에
양 떼 풀어놓고

저녁
노을 앞산 불러
배 띄우고
나뭇잎 따다가
노 젖어 가네.

가을 밤

낙엽 지고
서릿발 내리는 밤
임 그리워
귀뚜라미 소리에
눈물 적실 때
솔바람 사르르
낙엽 굴리고
희미한 등불 밑에
모시 적삼 접는 길손
찬 서리 멈추고
임 소식에
마음 저리며
새벽 하늘
달 기우네.

가을은 가네

아침 햇살 이슬로 내려
창가에 국화꽃 한 송이
바람 불어 꽃잎 떨릴 때
가을은 햇살에 묻혀가네.

간이역

철길 따라 코스모스 필 때
때 묻은 손수건 흔들면
기차는 멈추고
등짐 배고파
허덕이는 내 발길
신호등은 깜박깜박
철길 위를 걷고
나는 먼먼 별빛에
당신 찾아 걷습니다.

개망초 꽃 ^{꽃말 : 화해}

달빛 서린 이른 아침
하얀 꽃 노란 꽃잎 봉
하늘에 별똥 같이 흩어져
빈 땅에 만발한 너 보고
더러는 안개꽃 갔다고 하네
나는 네가 메밀꽃 같은데
누가 너더러 잡초라고 부르면
내 이름은 개망초랍니다 하고
방긋방긋 웃어라
그것이 세상 살아가는 방법이다.

겨울 산

태양이 녹아떨어져
달빛 품속에 잠들 때
은물결 출렁이고
나무들 별빛 사랑에 빠져
시
간
가
는
줄
모
르
네.

갯바위

점점이 늘어선 바닷가 언덕
푸른 파도 일렁이면
돌 미역 머리카락 풀어헤치고
살랑살랑 머리 감는다

넘실대는 파도 속에
우리 어매
망태기 메고 수건 두르고
칼 들고 갯바위 출근하면
홍합 굴은 숨죽이고
바위에 꼭 붙어 벌벌 떨고 있다

그곳은 바다와 만나는 곳
갯바위에서 떨어질까
우리 어매 손발도
부들부들 문어발이다

삶이 너무 서럽고 애달파
썰물과 밀물로 음정 박자 맞추어
가슴에 품은 애환 노래하네!

갯바위 당신이 내 옆에 없었으면
나는 나는 어떻게 살았겠소

농사지을 땅 한 평도 없는
시집살이 어이 어이 견디고
갯바위에 부서지는 가난은
내 가슴에 몽돌이 되었소

수평선 넘어 해지는 노을 속에
배고픔이 연기되어 피워 오르면
어이 가난은 이리도 무섭냐고
갯바위 기어 따개비 따고
톳 돌김 걷어 배 채우고
어이 누가 이 한을 알까?

그래도 당신이 옆에 있어서
허기진 가마솥에 불 피워
시어머니 자식들 먹여 살리고
어렵던 보릿고개도 넘기며
살아갈 수 있어서 행복했소

구불구불 갯바위 길 따라
보물 찾아 헤매고 헤매도
세월은 그 모양 그 꼴이고
자식 키워 분가시키고 나니
손발과 갯바위는 반들반들
내가 너에게 너무했나 보다

살아있는 한 너를 잊을 수 없고
서로 발소리만 들어도 아는 사이
하늘이 주는 대로 욕심 없이 살자
아이고 허리야 허리 좀 펴자
비 오는 날은 톳 부침개가 최고다.

겨울

낙엽 따라 가을꽃 지고
하얀 겨울꽃 피네

햇빛 비추는 양달에
겨울꽃 시드네

지새우는 겨울밤
내 창가에 찾아와

밀리는 추위 따라
철새는 날아가고

갈 곳 없는 내가
그리움 껴안고
하얀 눈꽃 심네.

겨울 밤 1

달빛 돌담에 잠든 겨울밤
산자락이 춥다고 부엉부엉

별 따다 등불 만들어
친구 그립다고 부엉부엉

또 한 자락 보고 싶다
눈물 흘리면서 부엉부엉

부엉새 밤새워 울고 나면
내 가슴 숯덩이 되었네.

고독이 흐르는 밤에

지울 수 없는 고뇌와
참아야 하는 마음 샘에
성당의 종소리도 사라진 밤

 어두움 깔려
고독은 시냇물처럼 흐르고
연정은 촛불처럼 타올라

호수는 별빛
고독은 그리움 수놓고
이 밤도 별빛 따라 흘러만 가네.

그런 사람 있잖아

멀리서 휘파람 소리 듣고
누군지 알 수 있는 사람

눈 감고 손만 잡아 보아도
딱 알아볼 수 있는 사람

발걸음 소리만 듣고도
뒤 돌아볼 수 있는 사람

창문에 그림자만 스쳐도
알아볼 수 있는 사람

그것은 내가 무척 사랑한 사람이다

걷다가 생각만 해도
보고 싶어지는 사람

미워서 잊고 싶어도
잊히지 않는 사람

옆에 있으면 좋아서 괜히
투정 부리고 싶은 사람

좋은 것 보면 생각나고
갖다 주고 싶은 사람

그
것
은
내
가
매
일
매
일
사
랑
한
사람이다.

그날 밤

초승달 잠들 때
우리 손목 잡았지
그리움 입 맞추어
사랑은 첫날 밤이랍니다

창가에 흩어지는 별빛
하늘의 천사 되어
깊은 밤이 되었지요

바람 불어 싸늘한 체온
내가 당신 껴안고
추었던 겨울밤 따뜻한 봄날 되어

우리 귓속말로 속삭였지요
사랑은 아름다운 것
하나님이 주신 최고의 선물이라고

사
랑
은
가슴속에 타는 미움도 증오도
사랑은
태양 같은 뜨거움으로
이불속 깊이 묻었지요

사랑은!
이 세상 끝날까지 아름다운 것이라고.

그리운 이름들

가슴에 불을 켠 첫사랑의 이름
나는 그 이름을 찾고 또 찾는다
늘 찾고 있는 바보다
향기롭고 그리운 이름들이여!
부르지 않으면 죽을 것 같고
가만히 있으면 미칠 것 같은 이름이여!
비우고 비워도 비워지지 않는 이름이여!
채우고 채워도 채워지지 않는 이름이여!
왜 나는 그대를 찾는 노예가 되었을까?
오늘 문득 너를 부른다
그 이름을
그 이름들은 내 입에서 꽃이 되었다.

그리움 2

행여!
누가 엿볼까 봐

행여!
조롱할까 봐
가슴에 꼭 품은 그리움

행여!
헤프다고 할까 봐
꼭 안은 채 살아갑니다.

그리움 3

외로울 때 달빛 따라
처마 밑에 풍경 달고

솔바람 불어 그리움
땡그랑~ 땡 그르르랑~
거미줄에 달리고

나팔꽃
햇빛 찬란한 창문 열면
나는
조용히 양산을 펴겠습니다

당신이
보고 싶은 그리움이라면
나는
아침 햇살에 해바라기가 되겠습니다.

그리움에

아침 비 앞산 지나가자
수리산에 펼쳐진 물안개
추억은 그림자 따라가고
멍
하
니
하
늘
만
쳐
다
보
네.

그리움은 눈물

초승달이 우리를 훔쳐본 밤
그대는 그리움을 알았을까?
두 손 잡고 입 맞추던 밤
혼자서 지켜낸 첫사랑은
울부짖던 눈물로
세월 속에 불타
아!
그리움은 목말라
눈
물
흘
리
네.

그리움은 잠들고

그리움은 까만 밤에
샛별 입에 물고
기러기 되어 날아옵니다

수숫대 찬 서리 맞으며
사그락 사그락 소리 낼 때
그리움은 콩밭에서
가을 보내고
달빛 손짓하여
겨울 독촉하면
들국화 마지막 꽃잎 떨구고
기러기 날갯짓에
그리움은
밤새 온 들녘에 내려옵니다.

묶 음 - 둘

나 를
사 랑 한　사 람

전민현 - 사랑합니다 당신을

전민ㅎ ᆫ 사랑ㅎ ᆫ 당신을

반달

윤극영

푸른 하늘 은하수 하얀 쪽배에
계수나무 한 나무 토끼 한 마리
돛대도 아니 달고 삿대도 없이
가기도 잘도 간다. 서쪽 나라로

은하수를 건너서 구름 나라로
구름 나라 지나선 어디로 가나?
멀리서 반짝반짝 비치이는 건
샛별이 등대란다 길을 찾아라

윤극영 (1903년~1988년) 작곡가. 동요 작가
1924년 「반달」을 비롯해 「설날」·「까치까치설날」·「할미꽃」
「고기잡이」·「꾀꼬리」·「옥토끼노래」 등의 창작동요를 발표하고,
본격적인 작품 활동을 하면서 「고드름」·「따오기」
등의 동요에 곡을 붙여 동요보급 운동을 전개했다.

그림자

가까이 가면 멀리 가고
멀리 가면 따라오는
당신은 나의 동반자

지난 해도 따라오고
올 해도 따라오는
당신은 나의 연인

밤이 오면 무서워
청사초롱 불 밝혀
한 몸 되어 사랑하자.

기다림 2

멀리서 희미한 그림자가 내게로 달려오네
그것은 내가 기다리는 그대이기를
가슴속으로 그리고 있다
또 바람 따라 그림자는 지나가고 강물은 흘러가지만
내가 기다리는 그대는 보이지 않는다
나는 그림자가 싫다
나는 낙엽 뒹구는 창가에서
그대 모습 그리며
이 밤을 지새 우네.

깊은 밤 1

석양 노을 먹고 배고파 울었던가?
한 평생 희로애락 가슴에 껴안고
자식 생각에 찬 이슬 뜨거운 눈물 되었네
누가 이 모습 훔쳐볼까? 부끄러워
잠 못 이루니 창밖의 달 중천에 떠올라
그리움 잡아다 마디마디 꿰매고
어매어매 우리 어매 노래할 적에
세상 근심 걱정 다 잊어버리고
천상을 향한 내 영혼 가슴에 품고
이 밤도 별빛 따라 흘러가네.

긴 약속

우리 약속했지
전철역 앞 찻집에서 만나자고
아침 일찍 찻집이 문을 열지 않으니
아침 먹고 한숨 돌리고 만나자고 했지!
그 시간도 못 참아
집에서 나와 내가 일찍 왔으니
전철역 앞에서 기다려야지
그래 기다려 보자
약속 시각이 되어도 오지 않고
시간은 자꾸 흘러가네
또 전철이 지나가고 또 지나가고
밤에 그림자 같은 전철이 또 지나가고
꼭 올 텐데 무슨 일이야!
궁금하고 걱정 서럽다
어디가 아파서 못 오나?
그렇게 더 기다려 보자
전화가 왔다
찻집에 있는데 혹 못 오는 이유라도
아니요

나 여기 전철역 앞에 있는데
앞이 캄캄하고 아찔하다
그래 내가 빨리 온 것이 아니고
그 사람이 먼저 와서 기다리고 있었다

그럼 진즉 전화하지
서로 믿음이 감 익듯 익어서 바라만 보고 있었다
서로 약속 시각 지키지 못하고
서로 일찍 와서 목소리만 크다

약속은 믿음이 주는 가슴속 꽃
꽃은 아름다움으로 세상을 향기롭게 하지요.

꽃

그래…
예쁘다
너는…
말이 필요 없다
가슴으로 표현할 방법도 없다

그래…
참 예쁘다
나
는
너
를
가
슴
에
심
고
싶
다.

꽃들의 아침 인사

우리 365일 해 뜨는 쪽이 꽃밭인 줄 알았는데
허리 굽혀 가랑이 사이로 바라보니 잡초밭
서서 보니 이름 모른 꽃들이 아침 인사합니다
사랑한다고

그래…
꽃들은 예쁘다고 바라보아주면 꽃이 되고
잡초라 보는 순간 잡초가 돼 구요
당신이 꽃이라 부르면 향기가 나지요

그러나…
365일 내내 예쁜 꽃은 없지요
꽃보다 아름다운 당신
그것이 우리의 삶인 것
또 한 발자국 그리움만 남기고 갑니다.

꽃뱀

가늘어진 몸매
달빛 언덕에
사르륵 기어올라
혓바닥 날름날름
이리 오너라 이 밤은
이리 오너라
은빛 찬란한 와인 잔에
반짝이는 별빛
황홀한 달빛
이리 오너라
입맞춤하자 혓바닥이 빠지도록
이 밤 붉은 꽃 비늘 빠지기 전에
휙 휙 감기어라 헉헉 그리도록
목을 꼭 죄어라
숨 쉬지 못하도록
나는 모른다 내일 일은 모른다
이 밤이 지나면 너 또한 모른다.

끈

명주실 한 올 한 올 꼬아서
노끈을 엮었다
또
너와 나의 씨줄과 날줄을 엮어서
천을 만들고
천을 꼬아서 또 노끈을 만들었다
너와 나의 삶 속에 얽히고 설켜서
대추나무에 연 걸리듯이 연줄 되어
삶이 부딪치고 얽혀 매듭되었구나
길고 긴 끈은 인제 그만 만들고
매듭을 풀자
탐욕으로 세상에 얽히고 엉킨 끈
이제는 그만 잘라 버리자.

나 나

나
는
무
엇
인
가
?
나는 누구인가?
문득문득 나를 불러본다
나를 만나고 싶고
나를 확인하고 싶은 충동들이
이것이 아닌데 정말 이것이 아닌데
이제부턴 내 인생을 살아야지
나도 좀 사람답게 살아야지
외치고 외친다
그래그래 메아리다
나도 말이야
나도 늘 그런 생각을 해.

나를 사랑한 사람

나보다 나를 더 사랑한 사람
어머님

가장 어려울 때
내 옆에 있어 준 사람

나보다
나를 소중히 여긴 사람

부족하면 부족한 데로
나를 사랑한 사람

나의 나 됨은 모두다
당신의 은혜입니다

생각만 해도
아름다운 당신

어머니 사랑합니다.

나뭇잎 사이로 바람이 분다

나뭇잎 마음 만져 보세요
푸름을 접고 낙엽이 되었어요
나뭇잎 찬 서리 맞으며
고별인사합니다
그동안 고생 많았다고
내년 봄 새잎 피워 달라며
눈물 흘립니다
어차피 헤어져야 하는 것을 알면서
살아왔는데
참 어수룩하다
또 바람이 불고
눈보라가 치더라도
결코, 서글퍼 하지 말자
우리 사이 보일 듯 말 듯
밀고 당기며 살아왔는데
그것을 그리워 한들 무엇하리오
헛되고 헛되도다
바람은 말없이 나뭇잎 사이로 불어온다.

나뭇잎 편지

잎새에 이는 바람
살며시 손 내밀 때

나뭇가지 사이로
낮달은 졸고

나뭇잎 손 흔들 때
가는 세월 아쉬워

바람 길에 소식 전하고
잊지 말자 약속하네.

나의 사랑

당신은 나의 사랑
제비꽃
머리에 꽂고 오세요

당신은 나의 사랑
별빛 따라
초롱불 들고 오세요

당신은 나의 사랑
낙엽 손 흔들면
말없이 오세요

당신은 나의 사랑
첫눈 쌓이거든
조심조심 오세요

당신은 나의 사랑
살포시 싸리문 밀고
들어 오세요.

나의 여인

태초에
당신은 천상에 여인
무엇인가 무엇을 어떻게 살아야 하는가?
늘 당신에게 답을 듣고 싶었습니다
어젯 밤에도 같이 있고
오늘도 함께하는 당신
내가 무엇을 숨기리오
나에게 정욕情欲이 있어
끊임없는 욕망 속에
벗고 또 벗은 내 알몸
어찌 숨길 수 있겠습니까
당신은 내가 사랑한 여인
나를 나 되게 껴안아 준 사람
항상 내 탓이요! 내 탓이요
하늘에 외치는 여인
내가 그 소리 무서워
오늘도
당신 치마폭에 숨었습니다.

농부의 전쟁

물오른 복숭아나무 가지 끝에 봄바람 머무는 순간
냉이는 푸른빛으로 평화로운 대지에 전쟁 선포하네

풀들은 양지바른 초소에 먼저 진지 만들고
하늘 향해 두 팔 벌려 햇빛에 원조 청하며
지나가는 구름에 휴전하고 단비 요청하네

봄은 참 요란하다
햇볕 따라 전쟁이다
우리도 복숭아 가지 자르고 꽃잎 따고 전쟁 준비다

트랙터 정비하고
낫 삽 보초 세우고 호미로 점호하고
경운기 앞세워 논밭 전쟁터로 나아 간다

후퇴는 없다 항복하지 않으면 전진이다
그래도 항복하지 않고 은폐하고 땅속에 숨으면
생화학 무기 사용하네

이쯤 되면 항복하던지 휴전해야 하는데
말이 없다 전쟁은 승리한 것 같다
이제는 모든 패잔병 검은 비닐로 씌워주고
평화 찾아 왔다고 생각했는데 그것도 잠시

또 공중전이다
전쟁은 끝이 없네

아—
이 전쟁 겨울이 되어야 휴전이고
온 국민 배부르고 행복할 때까지다.

농촌이 살아나야 한다

도시는 농촌을 유혹한다
땀 흘려 일하는 농부에게
흙으로 밥상을 만들라 하지 않고
돌로 황금 밥상 만들라고 한다

농촌에서 일하라 하지 않고
강남에 아파트 사세요 한다
농사 지를 땅 사들이지 말고 공장 세울 땅 사라고 한다
그도 모자라 운하 만드는 길목
산과 잡종지를 사라 하네
더 나아가 도시는 농민보고
모든 땅 팔고 값싼 외국 농산물 사서 먹으라 하네

농촌이 살아나야 한다
세계 각국은 에너지 식량을 무기화하고 있다
국민이 따뜻하고 배불리 먹고 살 수 있는
삶의 질을 높이자
버질^{Vergil. BC 19}은 말하고 있다
신은 농촌을 만들고 인간은 도시를 만든다 라고

그러나 대한민국은
부동산 투기 광풍에 소돔과 고모라를 건설하고 있네

농부는 살아갈 수 있는 땅이 없다

물고기가 물을 떠나 어떻게 살 수 있을까?
물고기가 값비싼 물을
외국에서 어떻게 구매하여 살 수 있을까?
값비싼 농자재 값비싼 농토에서
어떻게 부가가치를 높일 수 있는가?

도시의 행복이 만날 수 있는 곳은 한강이 바라보이고
햇볕이 내리쬐는 양지바른 아파트 베란다가 아니다
카페에서 즐기는 포도주 한잔
현란한 무도회장
오케스트라가 연주되는 문화 회관 등
이 모든 것이 다 아닙니다

우리의 행복은
눈을 뜨면 만날 수 있는 자연입니다
이것이 사람이 사는 세상입니다
물 공기 신선한 먹거리가 함께 하면 행복하지요
그 모든 생산에 원천은 자연이며 농촌입니다

우리는 삶의 질을 높이기 위하여 농촌을 살리자
농촌은 우리의 생명 산업이며 우리의 심장이지요.

내 고향

길섶 풀냄새 따라 찾아가는 고향길
질경이 삐비가 반기는 개울 뚝 따라
작은 모래섬 풀 섶에 하얀 물새 알
그곳은 너와 내가 뛰놀던 그리운 고향

산은 끊임없이 물 흘려보내 강을 만들고
산은 오를수록 길은 좁아지고 더 높아만 가네
한 발만 잘못 디디도 떨어질 것 같은 낭떠러지
무섭고 무서운 타향살이 삶의 외로운 외길

바다는 갯골 따라 호수를 만들면
나는 푸른 바다에 풍덩 풍덩 빠져
하늘에 고향길 점 하나 찍어보고
송아지처럼 들판을 뛰놀던 친구들
어디로 가고 고향은 노을에 불타
고향은 혼자서 우리를 기다리네.

내 마음

붉은 태양 속에
푹 빠져버린 내 마음

그리움이
활활 타올라

눈길 닿는 곳마다
그대 모습

발길 닿는 곳마다
그대 향기

그대 찾아 은하수
노 젓어 갈 때

그리움에 눈물
사랑에 꽃이 되었네.

노부부^{老夫婦} 일기

비바람 불면 두 손 꼭 잡고
빗속 향하여 함께 걷고
눈보라 치면 두 손 꼭 잡고
눈 덮인 언덕 함께 걷고
세상 희로애락 꼭 부둥켜 안고
앞만 보고 달려 나온 길
구름에 달 가듯이 가버린 청춘
그립고 아쉬운 세월
추억에 박자 맞추어
두
손
잡
고
터벅터벅 고향 집 찾아가네.

묶 음 - 셋

늘 사 랑 이

있 어 서 좋 다

전민현 - 사랑합니다 당신을

고추 먹고 맴맴

윤석중

아버지는 나귀 타고 장에 가시고
할머니는 건넛마을 아저씨 댁에
고추 먹고 맴맴 달래 먹고 맴맴

할머니가 돌떡 받아 머리에 이고
꼬불꼬불 산골 길로 오실 때까지
고추 먹고 맴맴 달래 먹고 맴맴

아버지는 옷감 사서 나귀에 싣고
딸랑딸랑 고개 넘어오실 때까지
고추 먹고 맴맴 달래 먹고 맴맴

윤석중(尹石重, 1911년 5월 25일 ~ 2003년 12월 9일)
아동문학가로, 호는 석동(石童)이다

누가 알았을까?

누가 그것을 알았을까?
미움도 사랑이란 걸

누가 알았을까?
촛불이 다 타는 걸

누가 보았을까?
아침이 오는 걸

누
가
찾
을
까
?
그게 그리움이란 걸.

눈 오는 날

눈이 내리는 날
그대 입김으로
하얀 산야를 만들었습니다

눈이 쌓여 볼 수 없어도
이별이라 생각하지 않습니다

눈 덮인 언덕에서 별 보며
만날 그날을 눈부시게 바라봅니다

그대를 사랑하기에 다시 볼 날을
준비하면서 기다림으로 살아갑니다

그대를 사랑합니다
눈 오는 날 차가운 손을
꼭 잡아 주던 당신을.

눈이 내리는 밤

나는 하얀 눈 속에 폴폴 잠을 잔다
누가 무어라 해도
봄을 위해 그 속에서 폴폴 잠을 잔다
펑펑 눈이 내려도 잠을 잔다
하얀 수의 입고 잠을 잔다
눈
이
내
리
는
밤
에
….

늘 사랑이 있어서 좋다

늘 보아도 보고 싶은 사람
늘 들어도 듣기 좋은 목소리
늘 가슴에 안아도 좋은 사람
늘 함께 있으면 더 좋은 사람
늘 보고 또 보아도 보고 싶은 사람
늘 별과 달을 따다 주고 싶은 사람
늘 사랑하는 사람 있어서
늘 행복하다

늘 생각하고 생각하면
늘 가슴이 뜨겁고
늘 손 잡으면 가슴이 떨리고
늘 손 놓지 못하는 사람
늘 생각하고 생각함은
늘 그대를 사랑하기 때문에 좋다
늘 이대로 지구 저 끝까지
늘 사랑이 멈추지 않았으면 좋겠다.

달항아리

감나무에 앉은 까치
달빛 그림자 보고 놀라
홍시 꿀꺽 삼키고
목이 메어 까악~ 깍~

돌담 넘어 초승달
쿵덕쿵덕 방아 찧고
바가지 긁어
꿀꺽꿀꺽 단물 삼키네

어이~ 시원하다
놀란 달항아리
텅 빈 하늘 별 따다가
딸깍딸깍 채우고
동편 하늘만 바라보네.

당신은 좋은 사람

오시옵소서 사랑합니다
멀리 가지 말고 가까이 오세요
사랑합니다 당신에 예쁜 마음을
축복합니다 당신의 인생을
사랑합니다 당신에 영혼까지
축복합니다 당신의 미래를
우리의 영원한 행복을 위하여
축복합니다 사랑합니다
당신은 꽃처럼 향기로운 사람
참 좋은 사람 사랑합니다.

동명항

영금정靈琴亭 올라 동해 바라보니
붉은 태양 내 가슴 불태우고

파도 소리 심금을 울릴 때
끼룩끼룩 갈매기 노래하고

떠난 임 그리워 눈물 흘릴 때
파도는 철썩철썩 발길 돌리네.

듣고 싶은 목소리

여보세요 오늘도 잘 있어
네
무엇해요
그냥
아휴 그런 게 어디 있어
그래!
잘 지내고 있어?
뭐야!
잘 지내고 있다니
보고 싶지 않아
그래!
보고 싶다
너는?
그래서 전화했지!
아휴
바보야
너는
그래!
내일 또 전화할게

그
래
!
나도 보고 싶다
이제 난! 백발의 할아버지다
그래!
지금 너는!

동반자

그대!
만날 수 있는 것은
하늘의 인연입니다

그대!
이름 부를 수 있는 것은
세상의 행운입니다

그대!
입맞춤 할 수 있는 것은
삶의 그리움입니다

그대!
가슴에 안을 수 있는 것은
하늘의 축복입니다.

동요 마을의 봄날

취생정^{鷲笙亭}에 해지고
전봇대에 자리 잡은 까치
까악~ 까악~ 날아가고
산속 바람 잠잠해지는데
앞 산 벚꽃나무 옛 가지에
꽃만 피우고 있네.

마음속 사진관

마음속 작은 불씨 하나 타올라
따스한 온기가 온몸에 번질 때

사랑은 늘 당신 가슴속에 피어납니다
바람이 불고 비가와도
가슴에 모닥불은 꺼지지 않습니다

또 마음은 마음의 사진을 찍어 가슴속에 저장하고
예쁘고 아름다운 것 애달고 슬픈 것 그런 것들이
때로는 기쁨의 눈물을 흘리면서 당신을 찾습니다

그리움은 그리움의 마음속 깊이 꽃씨 뿌리고 꽃 피워
그림자같이 바람같이 자유롭게 살아가라 합니다

또 어느 날 당신 보고 싶다고 콧물 눈물로 애원하면
가슴은 가슴의 메아리가 되어 깊이 잠이 듭니다

그리고 내 삶의 빛과 그림자는
당신 마음속 사진관이 되어
찰칵 또 찰칵
셔터를 눌러
당
신
가
슴
속
사
랑
을
찍
습
니
다.

딱 한 잔만

그래 우리 딱 한 잔만
딱 한 번
뭘 그리 심각해
딱 한 잔만 하자는데
매일매일 하는 것도 아닌 데
오늘 딱 한 잔만 하자
나 딱 한 마디 한다
널 사랑한다
뭘 그렇게 어려워
사랑은 평생 하는 거다.

마음의 정원

쪽빛 물들여 하늘에 펼쳐놓고
그리움 안고서 바람불러 보네
빨리 오라고 빨리 오시라고
그대 이렇게 기다리고 있는데

쪽빛 하늘에 그림을 그리네!
그대 향하여 그림을 펼치네
가슴의 여백에 물을 채우고
또 한 가슴에 사랑을 채우고

쪽빛 하늘에 그림을 그리네
가슴은 물들어 내 마음의 호수
그대여 오소서 순풍으로 오소서
그대여 오소서 쪽빛따라 오소서

마음의 정원에 나는 그대를 위한
사랑나무를 심겠소 그대 오소서.

메아리

미리 한 계절에
미각이 잔디 사이에서
푸름을 찾고
오후의 포옹에
커다란 포문이 열리면
해변을 산책하는 조각배들이
멀어진 밀어 속에 해바라기
하지만
기쁨을 나르는 봄에 고향이
메아리처럼
마음에 양지를 찾는 계절이
녹이 슬어버린 기계를 운전하려 듯
산야山野를 나르는 나래들이 메아리 고개 위에
대화하고픔을 산정山頂에 날리고
계절을 잃어버린 철새처럼
기묘奇妙한 내음이
산정을 찾고픔을 분수대 위에 승하시키고
내심內心에 요구要求를 카메라에 잡아
한없는 메아리를 찍는다.

목탁 소리

삼막사三幕寺 솔바람
풍경소리 앞세워

목탁 소리……!

온 산천에 메아리쳐
내 가슴 두드리고 두드려

탐욕은 땅에 묻고
하얀 마음 그려보네.

*삼막사 三幕寺 : 경기도 안양시 만안구 석수동 삼성산에 있는 절.

무릉도원 음성

수리산 샛별은 영롱한 구슬이요
수리호수 물결 쪽빛보다 푸르네
전설의 연못 천하를 가슴에 품고
세속에 묻힌 이 몸 눈여겨볼까?

복숭아 꽃향기 청미천에 널리고
수리산 비췻빛 백족산에 머금었네
상평리 복숭아밭 강풍^{江風} 불어오니
천년의 음성 무릉도원에 황새가 노니네.

발가벗은 사랑

발가벗은 부끄러움, 두 손으로 움켜쥐고
눈 감고 두 손 모아 잠자리에 누웠습니다
달빛 창문에 사뿐사뿐 내려와 엿봅니다
부끄러운 마음, 임을 꼭 껴안습니다

임과 내가 하나가 된 때가 언제인지 아십니까?
백발이 된 나를 임이 안아 준 날
하늘에 별로 기록되었습니다

뉘라서 사람이 멀어지면 사랑도 멀어진다고 하여요
임이 보이지 않아 사랑이 멀어졌으면, 날마다 날마다
나를 울리는 것은 사랑이 아니고 무엇인가요?

만나고 이별이 없는 것은, 임이 아니라 나입니다
임은 만날 때에 기쁨을 주고 떠날 때는 눈물을 줍니다
우리 다시 만나는 웃음은 어느 때에 있습니까?

이 세상 잊어 버리고 임 만나는 날
이제는 그리움도 눈물도 없겠지요.

밤에 쓴 편지

희야!
별들이 은빛 사연 토하는 밤
커피보다도 진한 그리움이 고개 숙이면
검은 맨발의 고요가
무겁고 쓸쓸하다

희야!
명상이 새되어 밤하늘 날 때
연정戀情은
강물 되어 흐르고
명주羅紬 올 인양
오롯이 건져진 네 모습이어라

희
야
!
타오르는 모닥불에 콩서리 하며
〈지드Gide〉의 낭만일랑
실컷 애기하고 푼데.

배고프다

우리 배고파 울었지
정신없이 뛰어놀다
물 한 모금 먹고
우리 웃어 보았지
그래! 밤하늘의 별들도
놀고 있지 않아~
이제 배고프다 밥 먹자
그래! 우리 사랑하지 않아
그럼 밥 먹자
그래그래! 우리 사랑하지.

묶 음 - 넷

빛을 발하는

만 남

전민현 - 사랑합니다 당신을

전민 사랑 당신을

고향의 봄

이원수

나의 살던 고향은 꽃피는 산골
복숭아꽃 살구꽃 아기 진달래
울긋불긋 꽃 대궐 차리인 동네
그 속에서 놀던 때가 그립습니다.

꽃동네 새 동네 나의 옛 고향
파란들 남쪽에서 바람이 불면
냇가에 수양버들 춤추는 동네
그 속에서 놀던 때가 그립습니다.

이원수 (1911∽1981) 아동문학가
이 동시(가사)는 이원수의 초기 동요 작품으로
방정환(方定煥)이 발행한 아동문학지 『어린이』에 수록되었다.
이것을 보고 홍난파가 작곡하여 그의 작곡 집
『조선 동요 100곡 집』에 수록하였다.

벼랑길

살기 위해 몸부림쳐야 하는 저 벼랑길
무거운 등짐 지고 이 길을 걸어야만 합니다
눈물은 북치고 땀방울은 장구 칠 때
나는, 삶의 등짐 풀어놓고
마음 보듬어 신발 끈 단단히 묶어
하늘 한 번 땅 한번 쳐다보고
오르고 또 기어오릅니다
살기 위해 발버둥 쳐야 하는 저 벼랑길
오르고 또 오릅니다
아!
그 길의 끝은 어디쯤일까요?

별빛 초롱

그
리
움
이
꽉
찬
저
달
내 얼굴 비추일 때
떨어지는 별들의 눈물
초롱초롱 그리움 달고
가슴속 풍경風磬 울립니다.

보고 싶은 사람

그립다 말하면 무엇 할까?
그리운 사람아
보고 싶다 말하면 무엇 할까?
보고픈 사람아
저 하늘에 별들이 있다 하여도
그립고 보고 싶은 사람아
바람불고 비가 오는데
아직도 오직 않는 사람아
기다리고 기다린다
그 카페에서.

보이는 세계보다
보이지 않는 세계가 더 중요하다

우리는 보이지 않는 세계에서 보이는 세계로 왔다
하늘로부터 부모님을 통하여 보이는 세계로 왔다

요즈음 살아가는 모습을 보면
보이는 세계를 향하여 매진하고 있습니다
물질적으로 성공한 사람
권력적으로 힘이 있는 사람
그런 보이는 세계가 우리의 삶을 지배하고 있습니다
그러나 보이지 않는 세계가 더욱 더 중요합니다

어린이가 태어나면 눈을 뜨는 순간부터
보이는 세계에 대한 교육입니다
유독 대한민국은 이러한 분야에 강합니다
그러나
배속 태아에 대해서는 관심이 많지 않습니다
보이지 않는 배속 태아에 대하여 말하고자 합니다

인간은 보이지 않은 공空의 세계에서
영靈의 세계로 향합니다.
곧 빈손으로 왔다가 빈손으로 갑니다空手來 空手去

우리는 이 세상에 잠시 여행을 왔는지도 모르지요
그것은 인간을 창조한
신의 영역이라 생각하고 싶습니다

신의 세계는 보이지 않습니다
우리가 사는 세상은
신이 창조한 햇빛만 있으면 볼 수 있습니다
그러나 신의 세계는
영적이지 않으면 바라볼 수가 없습니다
그 영적인 세계
그것은 보이는 세상보다 더 중요합니다

우리의 가슴에는 진실이 있고 양심이 있습니다
학자들은 성악설과 성선설에 대하여 논하기도 합니다
그 논제가 우리의 삶에 대하여
무슨 영향을 미치겠습니까?
우리는 마음의 양심에 호소합니다
그것은 보이지는 않습니다
우리는 가끔 의사소통이 잘 안 되고 답답할 때
당신의 양심에 호소한다고 말합니다
그것은 보이지 않지만
현실의 세계에서 답을 정리하지 못할 때
보이지 않는 세계에 답을 정리합니다

곧 양심의 행동은
우리의 삶을 바르게 인도하는 것입니다
바르게 살아가는 길을 안내하는 것은
그 사람의 인성^{人性}이 바르다고 표현하기도 하지요
그 인성은 사람의 성품^{性品}으로써
어머님의 뱃속에서부터 시작됩니다

그것은 보이지 않는 태중의 교육도 중요합니다
눈에 보이는 현실 교육만이 중요한 것이 아닙니다

이 세상에 부자도
보이지 않는 자기의 양심은 돈으로 살 수가 없습니다
보통사람들은 말합니다
저놈은 양심까지 팔아먹은 놈이라고 말입니다
그 뜻은 어디에 있습니까?
우리의 내면 깊숙이 존재하는
보이지 않는 세계의 중요성에 대하여
말하고 있습니다

보이는 세계보다
보이지 않는 세계에
더 자유롭고 평화스럽다고 말입니다.

보릿고개

바람 산들산들 밭고랑 걸을 때

농부는 낫잡고 보릿대 어루만지면
골 따라 토닥토닥 두들겨 대는 소리

괘종시계 땡땡 소리치고 나면

막냇동생 배고파 가마솥에 물 채우고
솔가지 불 피워 눈물 콧물 흘릴 때

가마솥 뜨겁다고 픽 픽 울어대고
동생들은 배고파 죽겠다고 칭얼대네.

봄 서시

농부는 논둑길 따라 소 몰고
쟁기로 논바닥 개천 만들어

써레 끌어다 평야를 만들 때
두루미는 어정어정 길 걷고

제비 볍씨 물고 모판 만들 때
개구리들은 풍악 울리고

바람은 자운영 꽃과 춤추며
해는 가득 차 서산에 기울어

어두움이 달려와 수고했다고
집에 가서 편히 쉬라 하네.

봄꽃 열전

꽃망울 '톡' 소리
찬란한 봄의 기적
느리게 왔지만
겨울을 이겨낸 힘
홀아비 바람꽃
나도 양지꽃
꼬부랑 언덕에
오
늘
도
춤
을
춘
다.

봄이 오는 아침

앞마당 까치 소리 시끌시끌하고
간밤에 비바람 소리 요란했는데
화
단
에
꽃
잎
은
얼
마
나
떨
어
졌
을
까
?

북녘 하늘

그립다고 말할까?
보고 싶다고 말 전할까?

뻐꾹뻐꾹 뻐꾸기
목이 메어 애원(哀怨) 해도
기다림은 셀 수 없고

부엉부엉 부엉이 울적에
별들은 그리움에 잠들어
기럭기럭 기러기 고향 찾아갈 때

보고 싶다고 말을 전할까?
그립다고 말을 전 할까?

기럭기럭 기러기야
기다림에 지친 내 사연 전해 다오.

불타는 가을

가을은 마른 낙엽 쥐여 짜는 그리움
기러기처럼 울부짖는 추억을 안고
석양 노을로 사라졌으면 좋겠네!

사랑은 가슴에 달빛 낙엽 가득 채워
추억은 목이 말라 불타오르고
마시고 취해 입술은 까만 굴뚝 되었네.

비상^{飛上}

나뭇가지에
바람 잠재우고
당신과 속삭인
사랑의 밀어들
창가에 걸어 놓고
우물 속 둥근달 따다가
사랑 고백하고
까만 까마귀 되어
천상여행 떠나리.

비 오는 밤 1

간밤에 임 찾던
부엉이 어디 가고
빗방울 쏟아져
툇마루에 앉자
낙숫물 소리에
옷이 젖을까?
가슴 조이며
그대 그리워
잠 못 이루네.

빛을 발하는 만남

한 남자가 사랑하는 연인에게 줄 보석을 사러
귀금속 상인을 찾아갔습니다
상인은 여러 보석을 보여주었지만
남자는 연인을 위한 아주 특별한 보석을 원했습니다
잠시 망설이던 상인은 마침 그런 보석이 있다며
안으로 들어가더니
금고에서 어떤 보석을 가지고 나와 보여주었습니다
그러나 보석은 아주 평범해 보였습니다
"별다른 광택도 없고 세공도 별로인 것 같은데
그 보석이 왜 특별합니까?"
"특별한 것엔 다 이유가 있지요
잠시만 기다려 보세요…"
상인은 손안에 보석을 쥐고 있다가
몇 분 뒤에 펼쳐 보여주었습니다
그랬더니 평범했던 그 보석에서
영롱한 무지갯빛이 나기 시작했습니다
남자가 어찌 된 영문인지 묻자 상인이 말했습니다

"이 보석은 오팔^{opal}입니다.
그냥 보기에는 평범한 보석 같지만
사람의 체온이 닿으면 이런 빛이 납니다
사람이 있어야 빛이 나기에 연인을 위해
이보다 더 특별한 보석은 없을 것입니다."

오팔이 체온을 만나야 빛이 나는 것처럼
우리도 좋은 연인을 만나야 특별해집니다

우리가 서로 만남으로 빛이 나는
보석이 되기를 기원합니다.

빨랫방망이

당신은 빨랫방망이
나를 두드려
깨끗하게 만들고
더러운 것을
두드리고
두드려
나를 정결淨潔하게 하네

비뚤어지고 더러운 내 마음
물에 적시어
두 손으로 주물러
두드려 주고 만져주고
나를 성결聖潔하게 하네

나보다 나를 더 사랑한 사람
나의 나 됨은 바로 당신의 은혜입니다

고맙습니다
항상 내 곁에 있어 주셔서.

칠순은 넘어가고

봄 향기 쑥쑥 자라
추억 하나 훔쳐 담습니다

그리움에 달빛 산 무너질 때
개구리 울음소리 멈추고

수천 번의 밤을 새우고
논에 물 가득 채워
하늘 우러러 숨 한번 쉽고
물고랑 막습니다

아파트 환한 불빛 바라보고
강둑에 홀로 남아 눈물 흘리며
또 땅 보고 모내기합니다
그것이 인생길이니까요.

사랑의 이름표

사랑한다 해도 좋고
미워한다 해도 좋은
사람들의 이름 불러 봅니다
그러나 내가 죽도록 부를 수 있는 사람의
이름표가 없습니다
외롭고 고독한 삶의 길 위에
동행하는 이름이 없습니다
사랑한다고 불러야 할 이름도 있고
미워한다고 말해야 할 이름도 있습니다
그러나 꼭 내가 가슴에 움켜잡아야 하는 이름하나?
그것은 사랑이란 이름표였습니다
사랑하기 때문에 미워하고
사랑하기 때문에 증오하고
그것이 사랑이라는 것을 알 때는
내 가슴에 딱 한 사람
그 이름 찾아 달라고
아침 저녁으로 기도합니다
사랑합니다 당신을.

36.5℃ 그리운 맛

순대국밥 한 그릇에
막걸리 한 잔
그리워서 찾아가면
항상 변함없는 국물이 끓습니다

장이 서고 뚝배기가 끓어
골 헤진 허리에 붉은 앞치마 두르고
어깨 빠지도록 밥 말아 담고 또 담아
배고픔을 달래주던 할머니
맛있게 많이 드세요

국밥 한 그릇에 36.5℃ 온기가 살아
지게 지고 품팔아 자식 키우고
그리움에 살아온 세월은 나의 동반자

마른 나뭇가지에 하얀 눈꽃 피고
칼바람 불어도 국밥은
장작불에 가슴이 뜨거워서 웁니다.

삶 1

삶은

기
다
림

당신을 바라보며
최선을 다하는 것
그것은 아름다운 꽃

추억은 마지막 잎사귀로 남고
삶은 믿음에 대해 기다림입니다.

세월

삶
이
인
생
인
것
오늘이 삶인 것
삶이 그리움인 것
그리움이 넘쳐
인생은 추억인 것
구름이 흘러가듯
바람이 지나가듯
그리움이 흘러
하늘에 별처럼
보고 싶은 얼굴.

샛별

밤이면 밤마다
하늘에 샛별을 찾습니다
그것은 그리움이
잠들고 있기 때문입니다

낮에는 찾아도 보이지 않고
꼭 밤에만 나타나
반짝이고 있습니다

그것은 그리움이
그곳에 살고 있기 때문입니다
찾고 싶고
만나고 싶은 샛별입니다
그 별은 나의
희망이며 사랑이니까요

구름이 끼고 비가 오는 날은
샛별을 볼 수가 없습니다

샛별은 내가
그렇게 그리워 찾고 있는 줄도 모르고
구름 속에 숨었습니다

또 날이 밝아 태양이 떠오르면
나의 가슴에는 뜨거운
햇
빛
으
로
밤이 오기를
기
다
립
니
다.

수레의 산

아침 눈 뜨면 대문 앞에 서 있는 너
첫 눈에 반한 나의 첫사랑이다
가슴이 진동하는 오늘 너를 보면서
삶의 그리움 물항아리에 가득 채워
새소리 물소리 앞세워 논밭 갈아
희로애락 씨앗 뿌려 감사 기도하고
세월의 멍에 마구간에 내려놓고서
취생정에 앉아 너의 모습 바라본다.

수레의 산 하늘 아래

수리산^{修理山} 맑고 높아
상여 바위 언덕 오르니
전설의 연못 솔바람 일고
수리 뜰 독수리 날아
백족산 서편 바라보다
노을에 취하여
그리운 얼굴 하늘에 그려 놓고
언제쯤 그 흔적 지울 수 있을까?
고추 먹고 맴맴
달래 먹고 맴맴
이 삶이 또 장 고개 넘어
사랑의 꽃씨 뿌리고
두 손 모아 기도하면
오호라! 그대 내게로 오라
사랑 주고 정 주고
어해라! 둥둥 내 사랑
우리 함께 하는 날 언제쯤일까?
고추 먹고 맴맴
달래 먹고 맴맴.

첫 눈 이
내 리 는 날

전민현 - 사랑합니다 당신을

전민현 - 사랑합니다 당신을

엄마야 누나야

김소월

엄마야 누나야 강변 살자
뜰에는 반짝이는 금모래 빛
뒷문 박에는 갈잎의 노래
엄마야 누나야 강변 살자

김소월(金素月)이 지은 시.
1922년 1월호 『개벽』에 발표되었다가
시집 『진달래』(1925)에 수록되었다.
4행으로 된 민요조의 서정시이다.
뜰에는 금모래가 반짝이고 있고,
뒷문 밖에는 갈잎의 노래가 있는 평화로운 자연 속에서
엄마와 누나와 함께 단란하게 살자는 것이 이 작품의 내용이다.

술

한
잔
술
에
손
잡
고
두 잔 술에 얼굴 묻고
석 잔술에 입 맞추니
술은 술이로다 술술 넘어가니
이봐! 술은 술이야
입에 넣고 꿀꺽 마시면
술이 술에 취해
이 밤은
너 죽는 날이야.

시리도록 사랑한다

그대 사랑하므로
가슴이 시리도록 아픕니다

그대 바라보기만 하면
가슴은 불같이 뜨겁습니다

그래 세월이 흘러
시린 가슴 검게 타 시린 줄도 모릅니다

그렇게 바람처럼 구름처럼 살다
별이 되어 시린 가슴 사랑이 되었습니다.

시집가는 날

장 닭 울지 마라
내가 울면 새벽 오고
날이 새면 내 딸
시집을 간다
장 닭 울지 마라
그
것
이
내
사
랑
이
다.

아름다운 손

일하는 손은 참 아름답다

일하는 농부의 거친 손은 아름답다

일하는 손은 거룩하다

무엇이든 만들어 내는 손
고장 나 버리는 물건 바르게 고치는 손
두 손을 모아 회개하고 기도하는 손
씨앗을 심고 물 주는 손
그 손은 거룩하고 아름답다

힘들게 언덕 오르는 손수레 밀어주는 손
고난과 슬픔의 눈물 닦아 주는 손
힘들게 일어나는 장애인의 손을 잡아 주는 손
배고파 우는 어린아이의 손목을 잡는 손
목마른 자에게 먹을 물을 갖다 주는 손
이웃을 반갑게 맞아 어루만지는 손
그 손은 사랑이 가득하고 아름답다

땀 흘려 일하지 않고 밥 먹지 않는 손
남이 거저 준다고 손 내밀지 않는 손
못 볼 것을 보았을 때 두 눈을 가리는 손

노력 없이 불의한 재물에 손대지 않는 손
썩어서 더러운 음식을 버리고 씻는 손

그 손은 깨끗하고 향기가 나서 아름답다

나는 사랑하는 아름다운 손이 있어서 좋다.

아버지와 아들

군대 갈 때 말없이 대문 닫던
아버지 모습이 그리워지는 날입니다
아버지는 대문을 닫고 말없이 울었다는
어머니의 얘기를 듣고 알았습니다
남자는 눈물을 보이면 안 된다
어떤 일이 있어도 울면 안 돼
강한 게 남자야
그때가 엊그제 같은데
나도 자식 군대 보내고 이제는 할아버지가 되었어요
아버지! 우리는 왜 말없이 묵묵히 살았지요
아버지와 아들이라는 고리 속에
오늘은 그립고 또 그립습니다
그것이 아버지와 아들 사이인가요
그래서 남모르게 울었지만
세상이 두려워 울지는 않았습니다
죽음이 눈앞에 다가와도 울지는 않을 겁니다
남자는 강해야지요
그것이 세상 살아가는 길이라는 것 늦게 알았어요
좁은 길 그 길은 남자들이 가는 길이라는 것을.

알밤 같은 인생

그
리
움
이
꽃보다 아름다운 눈을 뜨면
별이 하나 되고
되돌이표 없이 가는 인생길
그리움이 반짝반짝
알밤되어 뚜르르 떨어질 때
송골매는 날아가고
다람쥐가 입에 물고 갔어요.

어머니

내가 슬퍼 눈물 흘릴 때
가슴으로 안아 주시고

내가 힘들어 괴로워 할 때
눈물로 기도하시고

내가 방황할 때
사랑으로 감싸 주시네

한결같은 마음으로
나보다 나를
더
사
랑
한
사람.

엄마

엄마!
엄마는 그리움
엄마라 부르면
괜히 눈물이 난다
나도 모른다
왜!
눈물이 나는지
엄마 치마폭을 잡으면
소르르 잠이 온다
그 멀리서도
엄마라는 그리움에 잠이 든다
엄마는 그리움이며
눈물이 된다
엄마는 태양 같은 그리움이다.

여기까지 왔는데

태어날 때 두 손 불끈 쥐고
살아보겠다고 울면서 나와
세상 모든 것을 붙잡고
앞만 보고 달려왔는데
눈은 희미하고
다리는 아프고
머리는 백발
산 넘고 물 건너
여기까지 왔는데
이마에 저녁노을 짓어오니
죽음 앞에 두 손 펴고
눈물 없이 청산하고
축복의 길에서
축제의 길로 갑니다.

우리 다 그렇다

우리 다 그렇다
응애하고 태어나 멈출 수 없는 화살이다
목표의 과녁은 죽음이다
우리 모두 태어나 죽는 것
우리 다 똑같다
살고 싶다고 발버둥 처도 필요 없다
죽음이 찾아오면 우리 모두 똑같다
태어나고 죽는 것은 다 똑같다
정해진 하루 똑같다
해가 뜨고 지면 하루다
그날이 그날같이 다 그렇다.

여보! 사랑합니다

여보!
사랑합니다
나는 이 말을 하기 위해
말 배우는 아가처럼
매일매일 연습합니다

여보!
사랑합니다
뚜벅뚜벅 걸으면서
연습에 또 연습입니다
요즈음 흔한 말인데
나에게는 참 어렵습니다

여보!
사랑합니다
가사도 다 외워 쓰니까
거울 앞에 서서
노래하듯이
부르고 또 부릅니다

여보!
사랑합니다
최종 총 연습입니다
창문 앞에 서서 당당하게
외쳐 보렵니다
이제 시작입니다

여보!
사랑합니다
그런데!
누가 볼까 봐 누가 들을까 봐
목소리가 나오지 않습니다
이제는 그마저
다 늙어 가나 봅니다.

우리의 희망 젊은 그대

지평선 저 너머 태양이 떠오른다
우리의 희망과 꿈을 향해 달려가 보자
그대 잠 깨어 오라 저 넓은 들판을 향해
달려보자 저 푸른 꿈을 향하여 젊은 그대
세상에 그 무엇이 두려울까?
희망과 용기를 가슴에 품고
미래를 향하여 달려보자
세상은 모두 다 우리의 것
우리를 위하여 오대양 육대주
달려보자 꿈을 안고 내일을 위하여
젊은 그대
젊은 그대
우리의 희망이다.

임진강 변에서

잊었는가 그날의 일을
사랑한다 다시 만나자
숨죽이며 하던 약속
그 강가에 빛나던 별들
그립다 저 강 건널 수 없고
보고 싶다 외치면
다시 올 것 같은 그 사람
별은 빛나는데
우리 약속 지워졌나?
슬프면 슬픈데로 슬피 울고
저만치 떨어져서 바라보면
그리움 지워질까?
임진강 변에서.

제주도

하늘 천둥소리
한라산에 떨어져

백록담 햇불에
놀란 황소들

우도에 숨어
숨죽이고

태양의 눈 부신
미소 성산 일출봉

바람은 바다에
아름다움 짓고

파도 축제에
춤추는 마라도

은빛 파도 용두암
껴안을 때

그리움 잠들어
제주 사랑 꽃피네.

창窓

하늘과 땅의
널 다리에 서서
하루를 응성應聲인 넌
불 켜진 창

무언無言의 대화 속에
봄의 화색을 포용하고
밤의 기적을 닮아
너와 난
하얗게 바랜 광목

공空의 세계에서
영靈의 세계로 향하는 넌

펴고 덮는 책 속에
밤의 여행이 기록되고

불을 켜는 태양 속에
먹물은 마르고 화선지는 불타

아− 사랑
그리고 미움

영靈과 공空이 부딪치는 소리
여기 너의 사랑에 오두막집

빈− 그릇 가득 채워
불을 켜는 소리

아− 사랑하는 넌
불 켜진 창.

첫사랑

생
각
만
해
도
참
아
름
답
다
이름만 생각해도 보고 싶다

보고 싶다는 생각만 해도
눈물이 절로 절로 난다

그것조차 아플 것 같아서
내 가슴에 씨앗으로 남아 있다.

첫눈 내리는 날

나는 편지를 씁니다
눈 내리는 날
첫사랑에게 그리움의 편지를 씁니다
첫눈이 오는 날
만나자고 한 약속을 생각하며
하얀 눈 위에
쓰고 또 쓰고 지웁니다
약속했던 밀어密語들
주워 담을 길 없어
안타까움은 소복소복 쌓여 옵니다
눈 내리는 날
그리움이 밟아 버린 첫눈은
눈물이 되어 발길을 촉촉이 적십니다
그렇게 애닯던 그리움 눈꽃 피면
사랑은 꽃보다 아름다웠다고
첫눈 내리는 밤에.

저자와의 협의에 의해 인지를 생략함

사랑합니다 당신을

2021년 10월 30일 발행

지은이 • 전민현
펴낸이 • 연규석
펴낸곳 • 도서출판 고글

서울특별시 용산구 한강대로40길 18
등록일 • 1990년 11월 7일(제302-000049호)
전화 • (02)794-4490 · (031)873-7077

* 잘못된 책은 판매처에서 교환해 드립니다.

값 15,000원